AF369446

Vente du Samedi 17 Avril 1875

SALLE N° 3

TABLEAUX

ANCIENS & MODERNES

EXPOSITIONS :

PARTICULIÈRE		PUBLIQUE
Le Jeudi 15 Avril 1875.		Le Vendredi 16 Avril 1875.

COMMISSAIRE-PRISEUR,
Mᵉ CHARLES PILLET.

EXPERT.
M. FÉRAL, PEINTRE.

CATALOGUE

DE

TABLEAUX

ANCIENS & MODERNES

PARMI LESQUELS ON REMARQUE

Deux importantes compositions de PLATZER

Des Œuvres de Greuze, Bellotto, Lemoine, Demarne, Mme Vigée-Lebrun, etc.

SIX TRÈS-BELLES AQUARELLES PAR CARMONTEL

Et parmi les modernes : six paysages par Corot,

Des Œuvres de Plassan, Delaroche, Decamps, Baudry, Verbœckoven, etc.

Un dessin de MEISSONIER

DONT LA VENTE AURA LIEU

HOTEL DROUOT, SALLE N° 5

Le Samedi 17 Avril 1875,

A DEUX HEURES.

Par le Ministère de Me CHARLES PILLET, Commissaire-Priseur,
10, rue de la Grange-Batelière ;

Assisté de M. FÉRAL, Peintre-Expert, 23, rue de Buffault,

Chez lesquels se trouve le présent Catalogue.

EXPOSITIONS : PARTICULIÈRE : le Jeudi 15 Avril 1875.
PUBLIQUE : le Vendredi 16 Avril 1875.
DE UNE HEURE A CINQ HEURES.

CONDITIONS DE LA VENTE

Elle sera faite expressément au comptant.

Les acquéreurs payeront *cinq pour cent* en sus du prix d'adjudication.

Paris. — Imp. PILLET FILS AÎNÉ, rue des Grands-Augustins, 5.

DÉSIGNATION

TABLEAUX ANCIENS

AALST (GUILLAUME VAN)

1 — Fruits.

Des pêches, une grenade ouverte, des raisins, des cerises, etc., dans un plat d'argent posé dans une niche; un papillon voltige sur ces fruits.

Signé en toutes lettres.

Toile. Haut., 77 cent.; larg., 59 cent.

ASSELYN

2 — Paysage avec grotte et monuments en ruine.

Cuivre. Haut., 30 cent ; larg., 38 cent.

BELLOTTO (BERNARD)

3 — Ruines monumentales.

Au milieu d'un paysage, les ruines d'une ancienne chapelle formant deux arcades à plein cintre avec colonnes; l'une de ces arcades abrite un riche tombeau en marbre vert de mer, sur lequel une statue est couchée; sous l'autre, on aperçoit au loin, se détachant sur le ciel bleu, un arc de triomphe bâti à l'entrée d'une ville; à gauche, une rotonde; à droite, un temple de style grec adossé à une vieille tour; ça et là sur le sol, des pierres détachées du monument dans les interstices duquel ont poussé de la mousse, des branches d'arbres et des plantes parasites. Un groupe de voyageurs, accompagné d'un chien, est arrêté auprès d'une des arcades; l'un d'eux semble déchiffrer une inscription gravée sur le tombeau.

Toile. Haut., 61 cent.; larg., 75 cent.

BELLOTTO (BERNARD)

4 — Autres ruines monumentales.

A droite, une très-grande arcade ogivale, soutenue par des piliers à chapiteaux, abrite un magnifique tombeau au sommet duquel est sculptée une statue assise, dans l'attitude de la douleur; un lion de pierre, dressé sur ses pieds de devant, semble défendre l'entrée du monument et veiller sur le tombeau. A travers les ouvertures de l'arcade, on aperçoit une rotonde et les

restes d'un palais; au centre, une maison carrée domi-
nant une ville dont on voit, derrière, les toits, les clo-
chers, les dômes et le beffroi; à gauche, deux colonnes
d'un temple de style grec, bâti sur le bord d'une eau
dormante. Un cavalier, un petit garçon, une femme
tenant un enfant, un marchand forain, des hommes
armés et des voyageurs forment différents groupes.

Toile. Haut., 61 cent.; larg., 75 cent.

BOUCHER (FRANÇOIS)

5 — Le petit Alchimiste.

Il est dans un laboratoire, effrayé par une explosion.

Toile. Haut., 55 cent.; larg., 45 cent.

BOURGUIGNON

6 — Combat de cavaliers du temps de la Ligue.

7 — Après le combat.

Deux pendants.

Toile. Haut., 90 cent.; larg., 142 cent.

BRIL (PAUL)

8 — Le bon Samaritain.

9 — Paysage avec figures.

Deux pendants.

Bois. Haut., 40 cent.; larg., 58 cent.

BRONZINO (école de)

10 — Portrait de femme.

Elle porte un riche costume du seizième siècle.

Toile. Haut., 00 cent.; larg., 00 cent.

CARMONTEL

11 — Cinq portraits d'artistes dramatiques célèbres.

Derrière chacun d'eux se trouvent des annotations écrites à l'époque où ils ont été dessinés, et que nous avons cru devoir reproduire en entier.

Ces aquarelles, qui sont de la plus grande finesse et d'une parfaite conservation, ont été faites pour le duc d'Orléans.

Dimension de chaque. Haut., 37 cent.; larg., 25 cent.

— Portrait de Mme Favart en 1760.

« La première et la plus aimable actrice du Théâtre-Italien. C'est au nom de cette femme charmante que se rattachent les succès littéraires de son honnête mari qui vit encore, et de l'abbé de Voisenon, son aide de camp.

Mad. Favard, 1760. Carmontel del. »

— Portrait de Garrik.

« Le célèbre Garrik, tragique et comique.

« Carmontel delin. ad vivum, 1765.

« *Nota.* — Cette caricature fut faite au Raincy, sous les yeux de M. le duc d'Orléans, et passa pour une des plus parfaitement ressemblantes de l'auteur, dont le mérite consistait dans la minutieuse fidélité dans les physionomies. »

— Portrait de Grandval.

« M. Grandval, célèbre comédien du Théâtre-Français. Il fit pendant plus de vingt-cinq ans les délices de la scène, dans l'emploi des rôles nobles qui avaient illustré Baron. M. Grandval ne fut pas moins recommandable par sa moralité que par ses talents dramatiques ; lié pendant toute sa vie par l'amitié la plus respectable à l'immortelle Duménil, qui lui survécut jusqu'à l'âge de 85 ans, sans jamais cesser d'honorer sa mémoire par le souvenir le plus tendre et le plus religieux, qui leur avait concilié à l'un et à l'autre l'estime universelle. Carmontel qui nous a conservé les traits de ce grand acteur avec une incroyable fidélité, le dessina avec un soin particulier, à Paris, dans le mois d'août 1762. »

— Portrait de Brissard dans le rôle de Napbar.

« Brissard, un des plus célèbres acteurs tragiques du xviiie siècle, dessiné en 1766 par Carmontel. L'impératrice Catherine II en fit demander une copie à l'auteur par le baron de Grim, son résident alors à Paris pour tout ce qui avait rapport aux relations de cette princesse avec les savants, les littérateurs et les artistes célèbres. — Brissard est ici représenté dans le rôle de Napbar. »

— Portrait de Lekain, rôle de Néron dans *Britannicus*.

CARMONTEL

12 — Portrait du prince de Nassau-Siegen.

Dessiné à Villers-Cotterets, avec l'uniforme du cerf.

Aquarelle. Haut., 30 cent.; larg., 29 cent.

CHALLE

13 — Femme couchée.

Toile. Haut., 45 cent.; larg., 35 cent.

COELENBIER (JAN)

14 — Paysage et marine.

Arbres, église et maisons au bord de la mer, sur laquelle on aperçoit plusieurs bateaux de pêcheurs.
Signé A. C. et daté 1646, sur une des barques.

Bois. Haut., 40 cent.; larg., 70 cent.

CROME (OLD)

15 — Paysage avec cours d'eau.

Bois. Haut., 00 cent.; larg., 00 cent.

DEMARNE

16 — Le Champ de blé.

Sur le devant, une femme montée sur un âne se dispose à traverser un cours d'eau où deux vaches se désaltèrent. Au second plan, un vaste champ de blé que le soleil éclaire vivement. A gauche, une chaumière au bord d'un chemin qui tourne en fuyant vers la droite.

Belle qualité de l'artiste.

Toile. Haut., 46 cent.; larg., 53 cent.

ELIAERTS (JEAN-FRANÇOIS)

17 — Fleurs dans un vase posé sur une table de marbre.

Toile. Haut., 70 cent.; larg., 56 cent.

FERG (genre de PAUL)

18 — Paysages, traversés par des cours d'eau, avec monuments en ruine.

Deux pendants.

Bois. Haut., 43 cent.; larg., 58 cent.

GIORDANO (LUCAS)

19 — Femmes et amours voltigeant dans les airs. Sujets allégoriques.

Deux pendants.

Toiles. Haut., 65 cent.; larg., 45 cent.

GREUZE (J.-B.)

20 — Tête de jeune fille couverte d'un voile bleu.

Toiles. Haut., 40 cent.; larg., 33 cent.

GRIMOUX (A.)

21 — Portrait d'un sculpteur.

Debout, tenant un marteau et un ciseau, il est en train de terminer un buste de marbre posé devant lui.

Toiles. Haut., 110 cent.; larg., 85 cent.

GUARDI

22 — Église et maisons entourées de murs et bâties au milieu des lagunes.

Plusieurs gondoles et bateaux à voiles sillonnent la mer en différents sens.
Deux pendants.

Toiles. Haut., 25 cent.; larg., 32 cent.

HEEM (David de)

23 — Le Déjeuner.

Sur une table en partie couverte d'un tapis vert, sont posés : une corbeille de fruits, un melon d'eau, un pâté, un citron entamé et des pêches ; une cruche en faïence, un homard, etc.

Toile. Haut., 85 cent.; larg., 120 cent.

HEUSCH (G. de)

24 — Paysage.

Maisons avec tourelle construites au sommet d'un monticule et entourées d'abres ; sur la route qui y conduit, un cavalier ; au bas, une femme causant avec un homme, et deux vaches qui boivent à une mare.

Bois. Haut., 32 cent.; larg., 40 cent.

JAURAT

25 — Anachorète.

Assis dans une grotte, en face d'un christ, et tenant une tête de mort sur ses genoux ; près de lui, un livre ouvert.

Toile. Haut., 42 cent.; larg., 35 cent.

JORDAENS (d'après J.)

26 — Le Concert après le repas.

Bois. Haut., 25 cent.; larg., 33 cent.

LARGILLIÈRE (NICOLAS DE)

27 — Portrait de femme.

> Vue à mi-corps, elle porte une robe bleue avec broderie d'or, une écharpe en soie rose entoure ses épaules.

> Toile ovale. Haut., 80 cen.; larg., 65 cent.

LARGILLIÈRE (genre de)

28 — Portrait d'une dame du temps de Louis XIV.

> De la main gauche, elle cueille un œillet placé dans un vase.

> Toile. Haut., 50 cent.; larg., 39 cent.

LE MOINE (FRANÇOIS)

29 — Vénus et l'Amour.

> La déesse, dans un paysage, assise sur un lit de repos, tient une flèche et parle à l'Amour qui est armé de son arc. Derrière elle, une nymphe debout porte un carquois. A droite, une autre nymphe et un satyre jouant de la flûte.

> Toile. Haut., 110 cent.; larg., 165 cent.

LE MOINE (François)

30 — Diane et ses nymphes.

Assise au pied d'un arbre, dans un paysage, la déesse, vêtue d'une tunique bleue avec manteau rouge, la main gauche appuyée sur son arc, montre de la main droite un chevreuil mort que lui présentent trois nymphes. Auprès d'elle, deux lévriers.
Pendant du précédent.

Toile. Haut., 110 cent.; larg., 165 cent.

LE PRINCE (Attribué à)

31 — Jeunes filles russes écoutant un vieillard qui joue d'un instrument à cordes.

Toile. Haut., 85 cent.; larg., 112 cent.

MANTEGNA (école de)

32 — L'Adoration des mages et des bergers.

Bois. Haut. 35 cent.; larg. 45 cent.

MICHEL (Georges)

33 — L'Approche de l'orage.

Par un temps sombre, une charrette, attelée de

quatre chevaux sur l'un desquels le conducteur est monté, parcourt péniblement un chemin creux qui traverse un paysage boisé et montagneux ; des vaches et des moutons paissent à quelques pas d'une chaumière.

Bois. Haut., 51 cent.; larg., 64 cent.

MIGNARD

34 — Portrait d'une dame du temps de Louis XIV.

Vue de trois quarts, assise, robe blanche avec manteau bleu ; elle prend des fleurs dans une corbeille posée sur un guéridon.

Toile. Haut., 45 cent.; larg., 35 cent.

MIGNARD

35 — Portrait d'une dame du temps de Louis XIV.

Vue de face, assise, robe en brocart d'or avec large manteau bleu garni d'hermine ; elle prend des fleurs qu'un amour lui présente.

Toi e. Haut., 50 cent.; larg., 39 cent.

MORALÈS (genre de)

36 — Tête de moine en extase.

Bois. Haut., 35 cent.; larg., 30 cent.

MURILLO (attribué à)

37 — L'Extase de saint François.

Toile. Haut., 00 cent.; larg., 00 cent.

NATTIER

38 — Portrait d'une dame de la cour de Louis XV.

Vue à mi-corps, de face, cheveux poudrés ornés
d'une rose; les épaules découvertes; corsage en soie
blanche richement garni de perles et de brillants,
entouré d'une écharpe en soie lilas. Fond de paysage.
Signé à gauche et daté 1749.

Toile. Haut., 80 cent.; larg., 63 cent.

NATTIER (attribué à)

39 — Portrait de Mme Sophie de France.

Vue de face, jusqu'à la ceinture, vêtue d'une robe
en velours rouge ornée d'un galon d'or, manches en
dentelle blanche, et manteau bleu fleurdelisé doublé
d'hermine.

Toile. Haut., 80 cent.; larg., 65 cent.

NEEFS (PETERS)

40 — Intérieur d'une cathédrale.

Dans une chapelle latérale un prêtre officie entouré
de fidèles.

Bois. Haut., 50 cent.; larg., 62 cent.

NETSCHER (CONSTANTIN)

41 — Portrait de Marie-Thérèse.

Vue de trois quarts, assise, vêtue d'une robe jaune
garnie de pierreries ; manteau violet ; sa main gauche
tient un livre ; sa main droite, posée sur une couronne,
tient une palme.

Bois. Haut., 45 cent.; larg., 34 cent.

NETSCHER (CONSTANTIN)

42 — Portrait d'une dame du temps de Louis XIV.

Assise dans un paysage, vêtue d'une robe brune avec
manteau bleu.

Toile. Haut., 47 cent.; larg., 34 cent.

NETSCHER (GASPAR)

43 — Portraits d'une dame et de son enfant

Assise dans un paysage, richement vêtue, elle tient près d'elle un petit enfant debout; un domestique nègre leur présente un plateau chargé de fruits.

Bois. Haut., 60 cent.; larg., 52 cent.

OSTADE (attribué à ADRIEN)

44 — Le Déjeuner de jambon.

Toile. Haut., 24 cent.; larg., 28 cent.

OUDRY (J. B.)

45 — Portrait de l'artiste peint par lui-même.

Toile. Haut., 73 cent.; larg., 60 cent.

PATER

46 — La Bonne aventure.

Une sorcière de village, accompagnée d'un jeune garçon qui joue du tambour de basque, tenant dans ses mains celles d'une jeune fille, lui dit la bonne

aventure. Une autre jeune fille, en robe jaune et bleu,
l'écoute curieusement. Derrière elles, deux jeunes femmes causent avec deux jeunes seigneurs.

La scène se passe dans un parc; au fond, différents
groupes assis et causant.

Toile. Haut., 72 cent.; larg., 92 cent.

PIERRE (J. M.)

46 *bis*. — Vénus et l'Amour.

La déesse est assise sur des nuages, un amour lui
parle à l'oreille.

Toile. Haut., 55 cent.; larg., 44 cent.

PLATZER (JEAN-VICTOR)

47 — Alexandre se prosternant devant le grand prêtre Jaddus.

Alexandre, après avoir conquis la Perse, marchait
avec son armée contre Jérusalem. Le grand prêtre
Jaddus, revêtu de ses plus riches ornements pontificaux
et portant écrit sur sa poitrine le nom de Jehovah,
s'avance accompagné d'une nombreuse suite de lévites,
de prêtres, de vieillards et de peuple, au-devant du
conquérant. A sa vue, celui-ci, ému et surpris, met un
genou en terre et se prosterne, parce que, dit-on, il

avait vu en songe un vieillard revêtu des mêmes ornements, qui lui avait promis l'empire de l'Asie. Derrière
Alexandre, son cheval tenu en bride, de nombreux
cavaliers et soldats armés de lances et de boucliers. Au
premier plan, à droite, un groupe de femmes portant
une corbeille remplie de fleurs, d'autres tenant des
enfants ; un petit garçon jouant avec un chien. Fond
de paysage accidenté au milieu duquel on aperçoit
les principaux monuments de la ville de Jérusalem.

Cuivre. Haut., 68 cent.; larg., 95 cent.

PLATZER (JEAN-VICTOR)

48 — Thalestris, reine des Amazones, visitant Alexandre.

Entouré de ses gardes et de personnages de sa cour,
Alexandre s'avance de quelques pas sur le seuil de sa
tente pour recevoir la reine des amazones qui, descendue de cheval, se présente à lui accompagnée de
jeunes esclaves soutenant son manteau. Elle est très-
richement vêtue et coiffée d'un casque orné d'un
panache. Derrière elle, son coursier qui caracole et une
suite nombreuse de jeunes amazones armées de lances ;
plusieurs d'entre elles jouent de divers instruments. La
scène se passe dans un beau paysage au milieu duquel
sont dressées les tentes du camp d'Alexandre.

Ces deux compositions, contenant un grand nombre
de figures, sont d'une importance exceptionnelle et
peuvent être classées parmi les meilleures productions
de l'artiste.

Cuivre. Haut., 68 cent.; larg., 95 cent.

ROBERT (HUBERT)

49 — Pont de pierre en ruine.

> Il est coupé par le milieu et le tablier remplacé par des poutres de bois ; au-dessous, plusieurs femmes lavent du linge à une fontaine.
>
> Toile. Haut., 55 cent.; larg., 45 cent.

ROBERT (HUBERT)

50 — Porte monumentale.

> Par l'ouverture on aperçoit au loin le dôme et le péristyle d'une église ; dans une niche, une statue ; çà et là sur le sol des pierres de tombeaux auprès desquelles se reposent un homme et une femme.
>
> Toile. Haut., 55 cent.; larg., 45 cent.

ROBERT (HUBERT)

51 — Rotonde avec colonnes posée sur des rochers formant grottes et cascades.

> Bois. Haut. 25 cent.; larg., 38 cent.

ROBERT (HUBERT)

52 — Paysage avec ruine.

> Toile. Haut., 00 cent.; larg., 00 cent.

ROSLIN (ALEXANDRE)

53 — Portrait d'une dame du temps de Louis XVI.

Assise, vue jusqu'à la ceinture, la figure de trois quarts tournée légèrement vers la droite, elle porte une haute coiffure au sommet de laquelle sont attachés deux roses et un voile en mousseline ; vêtue d'une robe en soie blanche à bouillons, une blonde plissée lui entoure le cou, deux rubans roses sont noués sur sa poitrine.

Toile ovale. Haut., 82 cent.; larg., 66 cent.

ROOS (attribué à HENRI)

54 — Animaux rentrant à l'étable.

Toile. Haut., 54 cent.; larg., 44 cent.

RUBENS (attribué à)

55 — Naufrage.

Une barque, montée par plusieurs marins et passagers, dont une religieuse, est à moitié submergée par les flots.

RUBENS (d'après P. P.)

56 — Composition allégorique.

Le Temps enlevant une jeune femme.

Toile. Haut., 60 cent.; larg., 80 cent.

RUYSDAEL (attribué à JACQUES)

57 — Paysage.

Des arbres entourent un cours d'eau au bord duquel une femme cause avec un pêcheur à la ligne.

Bois. Haut., 55 cent.; larg., 76 cent.

RUYSDAEL (genre de)

58 — Paysage.

Bouquet d'arbres s'élevant sur un monticule au bord d'une route.

Toile. Haut., 34 cent.; larg., 45 cent.

SIMA DA CONEGLIANO

59 — L'Adoration de l'enfant Jésus.

La Vierge entourée de deux anges adorant l'enfant Jésus endormi. De chaque côté du tableau, par deux ouvertures, on aperçoit de petits paysages avec rivière, maisons, cavaliers et autres personnages.

Bois. Haut., 42 cent.; larg., 50 cent.

SNYDERS (attribué à)

60 — Limons posés sur une table.

Toile ovale. Haut., 35 cent.; larg., 28 cent.

TIÉPOLO

61 — La Vierge au lis.

Elle est assise et tient sur ses genoux l'enfant Jésus. Charmant petit tableau de l'artiste.

Toile. Haut., 32 cent.; larg., 24 cent.

TIÉPOLO (J. B.)

62 — La Conception.

La Vierge, le pied posé sur le serpent, s'élève au-dessus du globe terrestre, accompagnée des anges qui l'entourent. Modèle pour un plafond.

Toile. Haut., 52 cent.; larg., 52 cent.

TOCQUÉ (LOUIS)

63 — Portrait de la duchesse de Mailly.

Vue de face, cheveux poudrés ornés d'une rose; corsage bleu décolleté.

Toile. Haut., 45 cent.; larg., 40 cent.

TULDEN (van)

64 — Le Concert.

Un homme, portant un vêtement blanc avec culotte rouge, coiffé d'un feutre gris, est assis à gauche, et joue du violon; devant lui, à droite, une jeune femme, également assise, cheveux tombants, corsage noir et jupe jaune, pince de la mandoline; entre eux, un homme accoudé, qui fume; derrière la jeune femme, un homme, coiffé d'une toque rouge à plumes, qui lui parle à l'oreille; et derrière le musicien, à gauche, un valet tenant un broc.

Toile. Haut., 180 cent.; larg., 242 cent.

UTRECH (van)

65 — Cygne entouré de plusieurs oiseaux et volatiles.

Toile. Haut., 80 cent.; larg., 62 cent.

VAN LOO (michel)

66 — Portrait d'un seigneur de la cour de Louis XV.

Debout, vu à mi-corps, il tient à la main gauche

une lettre avec l'adresse : Au Roi ; la figure de face, les cheveux poudrés, jabot de dentelle, gilet et habit de velours grenat.

Beau portrait.

Signé : L. M. Van Loo, 1766.

Toile. Haut., 100 cent.; larg., 80 cent.

VIGÉE-LEBRUN (Mme)

67 — Le prince Lubomiski jouant de la lyre devant les filles du Régent.

Toile. Haut., 158 cent.; larg., 116 cent.

VIGÉE-LEBRUN (Mme)

68 — Portrait de femme.

En buste, vue de face, coiffée d'un turban et revêtue d'un costume rouge.

VIGÉE-LEBRUN (attribué à Mme)

69 — Portrait de la reine Marie-Antoinette.

Vue de face, jusqu'à la ceinture ; cheveux poudrés et chapeau à plumes ; corsage et manches blanches ornés de rubans et de dentelles ; manteau bleu fleurdelisé.

Toile. Haut., 80 cent.; larg., 62 cent.

VIVIEN

70 — Portrait d'homme.

En buste, portant une perruque poudrée tombant sur les épaules; vêtement en velours violet garni de brocard, cravate en dentelle blanche.

Toile ovale. Haut., 00 cent.; larg., 00 cent.

WATERLOO (ANTOINE)

71 — Paysage.

Clairière formée par des chênes entourant un cours d'eau que traverse une vache suivie d'un homme et d'un petit garçon.

Toile. Haut., 90 cent.; larg., 118 cent.

ÉCOLE FRANÇAISE

72 — Jésus devant les docteurs.

Toile. Haut., 25 cent.; larg., 50 cent.

ÉCOLE ITALIENNE

73 — Jésus sur le lac de Génézareth.

Cuivre. Haut., 45 cent.; larg., 33 cent

ECOLE HOLLANDAISE

(MONOGRAMME D. V. B.)

74 — Vue des bords du Rhin.

Chemin sinueux bordé d'arbres et de maisons ; à droite, une femme tenant un enfant, et deux villageois au repos.

Toile. Haut., 78 cent.; larg., 64 cent.

ÉCOLE HOLLANDAISE

75 — Le Marché.

De nombreux personnages, hommes, femmes et enfants, sont rassemblés devant les étalages de fruits et de poissons sur un marché établi au bord d'un canal, dans une ville de Hollande.

Bois. Haut., 76 cent.; larg., 86 cent.

ÉCOLE HOLLANDAISE

76 — Paysage chinois.

Avec rivière, pont, habitations, barques et nombreux personnages.

Feuille d'éventail à la gouache.

Bois. Haut., 25 cent.; larg., 53 cent.

TABLEAUX MODERNES

AIVASOWSKI

77 — Maison de pêcheurs au bord de la mer.
Effet de lune.

Signé et daté 1857.

Toile. Haut., 62 cent.; larg., 90 cent.

BARON (H.)

78 — Jeune femme se reposant dans un paysage;
près d'elle, un livre ouvert.

Signé à droite.

Bois. Haut., 23 cent.; larg., 18 cent.

BAUDRY

79 — Léda et Jupiter.

Bois. Haut., 38 cent.; larg., 22 cent.

BERCHÈRE

80 — Caravane arabe faisant halte auprès d'un
bouquet de palmiers.

Signé à gauche et daté 1852.

Toile. Haut., 35 cent.; larg., 60 cent.

BONNINGTON

81 — Pâturage.

Deux vaches sous la garde d'un petit berger se repo-
sent auprès d'une chaumière.

Bois ovale. Haut. 15 cent.; larg., 22 cent.

BORSELEN (J.-W.)

82 — Paysage.

Chaumières s'élevant au milieu de grands arbres
plantés au bord d'un cours d'eau où sont amarrés plusieurs bateaux de pêcheurs.
Signé à droite et daté 1868.

Toile. Haut., 45 cent.; larg, 72 cent.

BOUDIN (E.)

83 — Marine.

Plusieurs pêcheurs amènent un bateau sur le rivage pour s'y embarquer.

Toile. Haut., 22 cent.; larg., 27 cent.

CHINTREUIL

84 — Paysage.

Pâtre conduisant des vaches sur une route qui borde la lisière d'un bois.

Toile. Haut., 22 cent.; larg., 35 cent.

COESSIN

85 — La Réponse embarrassée.

Toile. Haut., 42 cent.; larg., 35 cent.

COROT

86 — Soleil couchant.

Dans un charmant paysage vaporeux et éclairé par les derniers rayons d'un soleil couchant, trois jeunes femmes se baignent et se balancent aux branches des saules penchés sur la rivière.

Beau tableau de l'artiste.

Toile. Haut., 46 cent.; larg , 62 cent.

COROT

87 — Grands arbres au bord d'un étang.

Au premier plan, une femme assise, gardant des chèvres.

Toile. Haut., 38 cent.; larg., 57 cent.

COROT

88 — Paysage : arbres et vignes.

Sur un chemin, un vendangeur porte une hotte pleine de raisins.
Signé à droite.

Toile. Haut., 33 cent.; larg., 41 cent.

COROT

89 — Vue d'un quai.

Toile. Haut., 20 cent.; larg., 33 cent.

COROT

90 — Paysage avec animaux : arbres près d'un cours d'eau.

Toile. Haut., 25 cent.; larg., 34 cent.

COROT

91 — Village au bord de la mer.

Toile. Haut., 20 cent.; larg., 37 cent.

DELAROCHE (PAUL)

92 — Tête de vieille femme.

Toile. Haut., 42 cent.; larg., 35 cent.

DECAMPS

93 — Ferme au bord d'un cours d'eau avec personnages et animaux.

Signé.

Toile. Haut., 00 cent.; larg., 00 cent.

DECAMPS

94 — Paysage avec rivière bordée de grands arbres
et animaux passant un gué.

Signé à gauche.

Toile. Haut., 00 cent.; larg., 00 cent.

ERPIKUM

95 — Femme étendue sur un lit.

Signé à gauche.

Toile. Haut., 26 cent.; larg., 39 cent.

GLEYRE (c.)

96 — Faune et bacchante.

Signé à droite.

Toile. Haut., 40 cent.; larg., 31 cent.

GUDIN (THÉODORE)

97 — Marée montante.

Au loin deux bâtiments à voiles naviguant en pleine mer.

Signé à gauche et daté 1852.

Toile. Haut., 38 cent.; larg., 62 cent.

JACQUE (CH.)

98 — Paysage.

Deux vaches buvant dans une mare.

Toile. Haut., 00 cent.; larg., 00 cent.

KREYDER (A.)

99 — Branche de pommier en fleurs, autour de laquelle voltigent un papillon et une abeille.

Toile. Haut., 45 cent.; larg., 55 cent.

LEDUC (VICTOR)

100 — Le Collier de perles.

Signé 1870.

Toile. Haut., 45 cent.; larg., 36 cent.

MARILHAT

101 — Arbres et rochers au bord d'un étang.

Au loin, dans des montagnes, la silhouette d'un village.

Toile. Haut., 63 cent.; larg., 47 cent.

MAUZAISSE

102 — Un homme debout, tenant son chapeau à la main.

Toile. Haut., 00 cent.; larg., 00 cent.

MEISSONIER

103 — Ugolin et ses enfants.

Dessin à la sépia, rehaussé de blanc. — Signé en toutes lettres.

Toile. Haut., 09 cent.; larg., 14 cent.

NITTIS (DE)

104 — Marine.

Signé à droite.

Toile. Haut., 27 cent.; larg., 45 cent.

PLASSAN

105 — La Lettre.

Une jeune femme, étendue sur une chaise longue,
près d'une table chargée de fruits, lit une lettre dont
une servante et un jeune paysan attendent la réponse.
Signé et daté 1872.

Bois. Haut., 28 cent.; larg., 30 cent.

PICOU (H.)

106 — Jeune Chinoise sur un lit de repos.
Signé à droite.

Toile ovale. Haut., 35 cent.; larg., 40 cent.

RAUCH (J. N.)

107 — Troupeau de vaches et de chèvres paissant
sur une montagne de la Suisse.
Signé à droite et daté 1845.

Toile. Haut , 43 cent.; larg., 55 cent.

ROQUEPLAN (CAMILLE)

108 — Causerie dans un parc.

Signé à droite et daté : Bruxelles 1841.

Bois. Haut., 22 cent.; larg., 19 cent.

VERBOEKHOVEN (EUGÈNE)

109 — Paysage.

Pâtre assis et jouant de la flûte en gardant ses moutons; des chèvres et une vache dans un paysage montagneux.

Charmant tableau de l'artiste.

Signé à droite et daté 1842.

Bois. Haut., 40 cent.; larg., 48 cent.

VERBOEKHOVEN (EUG.)

110 — L'Approche de l'orage.

Des vaches et des moutons paissant dans une prairie ; auprès d'eux, un gardien endormi.

Signé à gauche et daté 1847.

.Bois. Haut., 18 cent.; larg., 24 cent.

VIGER (H.)

111 — L'impératrice Joséphine arrangeant sa coiffure devant une psyché.

Signé à gauche.

Bois. Haut., 40 cent.; larg., 28 cent.

VINCELET (V.)

112 — Vase de fleurs posé sur un piédestal au bas duquel se trouvent une mandoline et des fruits.

Modèle pour un panneau décoratif. — Signé au bas.

Toile ovale. Haut., 44 cent.; larg., 37 cent.

ÉCOLE MODERNE

113 — Portrait d'une jeune femme tenant un chien.

Pastel. Haut., 80 cent.; larg., 64 cent.

MINIATURES

DUMONT

114 — Portrait de jeune femme en buste.

Très-jolie miniature. — Signé et daté : l'an VIII.

VAN DAEL

115 — Fleurs dans une corbeille posée sur une table de marbre.

Signé.

CHARLIER (attribué à)

116 — Vénus et l'Amour.

117 — Deux nymphes dans un paysage.

Deux pendants.